유미의 세포들에 보내주신
응원과 사랑에 행복했습니다!
함께해 주셔서 감사 합니다 ♡ ♡

이동건

유미의 세포들

글·그림 이동건

위즈덤하우스

목차

거절은 어렵다.

바비야, 지난번에
네가 했던 말 있잖아…

청혼을 거절하는 건
더 더 더 어렵다.

…그동안 내가
고민해 봤는데.

그게……

무슨 말인지
알 것 같아.

어려워하는 걸 눈치채고
바비는 대신 말해줬다.

미안해.

거절은 어렵지 않다.

오늘 퇴근하고
다 같이 영화 보러 가자는
분위긴데 혹시…

안 돼.
나 퇴근하고
일이 있어서.

뭔가를 부탁하는 게
어려운 일이지.

퇴근이다!!

남의 시간을 뺏는 건 미안한 일이라서
나는 가급적 부탁할 일을
만들지 않으려고 하는 쪽이다.

신 대리님

유미 작가님
계약서도 받았다고
하지 않았어요?

지금 드린 계약서들
사이에 있습니다.
잘 찾아보세요.

여기 없는데??

?!!!!

그거 작가님
개인 정보가 들어 있는 거라
분실하면 정말 곤란한데…

왜 없지?
내가 직접 가서 받아 온 건데?
설마 오다가 흘렸나???

쟤가 했죠?

뒤적—

뒤적—

오늘 있었던 일을
다시 리플레이시켜 봐!!!
당장!!!!!

그건 저전력 모드에서는
지원하지 않는 기능이야.

와아아아아!!!!

야 이것들아!
아직 집에 온 거
아니야!!

중요한 서류를
잃어버렸는데 그걸
어디서 흘렸는지 찾으래.

기억을
리플레이시켜 봐!

두뇌 풀가동!!

에너지도
얼마 없는데
미치겠네...

아… 그렇군요.

쟤 곤란해하고 있잖아!!

-착한 마음-

다시 한번 찾아봐줘라!! 짱!!

신 대리님.

?!!

다시 한번 찾아보죠.
루비가 다른 곳에 치웠을 수도
있거든요.

그래주시면
감사하겠습니다.
늦은 시간에 정말
죄송합니다.

견딜 수 없는 이런 분위기

남자친구와 함께 있을 때
편안한 이유는

서로 아무 말 하지 않아도
전혀 어색하지 않기 때문이다.

나는 특히나 어색한 분위기를
못 견뎌 하거든.

루비 자리에 있었네요.
아마 제트 작가 계약서인 줄
알았나 봐요.

감사합니다.

늦은 시간에
실례 많았습니다.

아녜요, 괜찮아요.
조심히 가세요.

그럼…

아 넵넵.

가보겠습니다.

……

가세요.

아, 어색해.
이런 분위기 넘 싫어.

어쩜 저렇게
말이 없냐?

신 대리 마주치지 않도록
우리는 5분 후에 나가자.

5분이 아니라
10분 후에 나왔어야 했어.

헉! 아직도
안 가고 있잖아??

아직
안 가셨네요.

통화
좀 하느라.

이
어색한 분위기…

……

엘리베이터가 층마다 다 서네?

이러다가 탈 자리 없는 건 아닌지 모르겠네.

그럼 곤란한데?

혼잣말 그만해. 미친 사람 같잖아!!!

-리액션 1호-

혼잣말이라도 안 하면 진짜 미칠 것 같단 말이에요.

이렇게 불편한 분위기로 있지 말고

-분위기. 어쩔:거예요
- 숨 막혜요

뭐라도 좋으니까 대화를 시도해 보면 어때요?

신 대리랑 대화할 만한 주제 좀 찾아봐.

-이성 세포-

여기 괜찮은 대화 주제 찾았다!

신 대리 목에 점 발견!
목점은 장수를 상징하거든.

-점 세포-

그딴 주제 말고!!!

이런 건 어때?
잃어버린 계약서를
되찾은 소감을 물어보자!

당신 길게 나올 듯!

그래도 계약서를 찾아서
정말 다행이네요.

네.
정말 다행이에요.

......

……뭐야. 대답이 저게 끝이야?

……

야!!!!
길게 좀 대답해야
대화가 이어지지!

질문을
주관식으로 하자!

단답형으로 대답
못 하게!!!

지난번에
보여드린 제 원고는
어떤 느낌이었어요?

헤헤 주관식

그건 따로
정리해 뒀는데
메일로 드릴게요.

네…

됐어. 대화하지 마.
그냥 어색한 채로 가!
대화를 이어갈 수가
없네.

…나는 어색한 분위기가 정말 싫다.
기가 쭉쭉 빨리는 기분이다.

이따가 엘리베이터에서
내리고 가는 방향이
같을 수도 있으니까

미리 손을 써둬야
하는 거 아냐?

신 대리 어느 쪽으로 가는지
먼저 물어보고 우리는
무조건 그 반대로 간다!

이 어색한 분위기에
한시도 같이 있을 수 없어!

근데 작가님은
어느 쪽으로 가세요?

?!!!

저요?

내가 할 질문을
신 대리가 먼저 해버렸다.

-명탐정 세포-

444

과거를 보는 남자 미래를 보는 여자

"원래 말씀이 좀 없는 편인가 봐요"라는 말은 하지 않는 게 좋다.

저 대사는 도발을 일으켜 대화 자극을 불러 일으킬 수도 있지만

저 질문에도 "네"라고 해버리면

대화를 떠나서 사이가 서먹해질 수도 있게 되거든.

지금도 충분히 서먹한데?

눈은 미래를 떠올리고 있는지

아니면
과거를 떠올리는지

입은 지금 떠올리는 게 행복인지

아니면 걱정인지 알 수 있댔어.

이걸 종합해서
지금 유미가 무슨 생각하는지
어떤 기분인지 맞춘다는 거야.

재밌지-않냐?

-명탐정 세포-

우~ 우~
말도 안 돼.

그럼 바비의 방식을 적용해서
저 말 없는 사람은 대체
뭔 생각하는지 맞춰봐.

꿈틀

꿈틀

그리고
그 원칙을 깨부술 때
행복함을 느끼지.

자유를 느낀다.
퇴근하면 셋을 동시에
해야겠어!

그는 지금
미래를 떠올리며

행복해하고 있다?

미래에
뭐가 행복한데?

그건…
아까 정류장에서
했던 대사와
연관 있겠지?

저는 집으로 바로 갑니다

집에 가는 미래.

이 모든 걸
종합해 보면…

무표정한 저 사람의
생각도 읽어낼 수 있다.

퇴근해서
집에 갈 생각만 해도
기쁘신가 봐요?

?!!!!!!

뭐야?!!
어떻게?!!!

어… 어떻게
알았지?!!!

어… 어떻게
아셨어요?

잉? 진짠가 보네?

신 대리라는 사람…

저는 집 밖으로 나오면 에너지가 쭉쭉 빠지는 타입이라서요.

시크한 줄 알았는데 꼭 그렇진 않았고

집에 돌아갈 생각만 해도 기분 좋아지거든요.

말수가 없는 줄 알았는데 꼭 그렇지도 않았다.

445

거기 누구야?

사람이 살다 보면 심쿵하거나 설레는 순간이 종종 찾아오잖아요.

제 친구예요 인스타그 연율아

사랑이다!! 사랑 세포가 나타났다!!

사랑 세포가 나타났대!!!

드디어 돌아왔구나!!

와아!!!!

혹시… 연애 감정인가? 생각 들지만

아닌 경우가 많답니다.

-호기심 세포-

호기심인데~ 호기심인데~ 푸헤헤헤헤헤. 다 속았지?

…미안해. 사랑 세포가 나타났다고 하면 다른 세포들이 호들갑 떠는 게 재밌어서 그랬어.

-이성 세포-

명치를 세게 맞고 싶은??

-설레발 세포-

예전에는 내 감정에 속을 때가 있었는데

이제는 꽤 신중해졌죠.

아까 제트 오빠 친구 막 뚫어져라 보대? 폴링 인 럽? 히힛~

훠이~ 저리 꺼져. 그런 거 아니다.

?!!

이번에는 진짜다!!! 진짜 사랑 세포가 나타났다!!!!!

주문하신 음료 나왔습니다.

이번에는 진짜래!!!!

어서 빨리 사귀자!

헐… 잘생겼다!

저는 여기서 내릴게요.
조심히 가세요 작가님.

네. 그럼 들어가세요.

야야 잠깐만.

저 사람
집돌이라고
하지 않았어?

그게 왜?

기왕이면
집돌이들이 좋아하는
인사를 해줘.

그러지 뭐.

신 대리님도……

주말 잘 보내세요.

방금은 누구야?
호기심 세포?
감성 세포??

감성이었을거야.
시간이 저녁이잖아.

-이성 세포-

고마워. 이성 세포
아마 너 없었으면

난 엄청난 금사빠가
됐을지도 몰라.

나 잠 안 와.

지금은 누구야?
출출이냐?

446

두근두근 에너지

어… 어떻게
부활한 거야??

내가 어떻게
나오게 됐냐면…

-사랑 세포-

으악!!!

누구야?!
누가 공격하는
거야?!

콰앙!!!

오랜만이야
사랑 세포.

-프라임 작가 세포-

작가 세포??

야!! 죽을래?! 오랜만에 보자마자 이게 무슨 짓이야!!!!

꾁!!

죄송합니다!! 제가 잠깐 미쳤…

싹~ 싹~ 싹~ 싹~

……

맞다. 넌 이제 일반 세포인 걸 깜빡했네. 하하하.

...쭉팔려

됐고!!! 신 대리의 웃는 모습이 예뻐서 부활했다는 말은 네 일기장에나 적어야 할 거야!!

아니야 그런 거.

누굴 속이려고!!! 아까 버스에서 웃을 때 완전 귀염 상이더만!!! 그거에 반했잖아!!!

진짜 아닌데?

아악!!

아 맞잖아!!! 신 대리한테 심쿵해서 부활한 거잖아!

아니야
루비와 제트 작가 덕분에
깨어났어.

둘이 알콩달콩
여행 계획 짜는 걸 보거나

제트 작가 주려고
루비가 준비한 도시락을 보면

옆에 있는 나까지 기분 좋아져.

덕분에 나도 모르는 사이에
두근두근 에너지가

다 채워져 버렸어.

루비랑 제트 작가 보면
나도 연애하고 싶어진다니까.

펄럭ㅡ

알았어. 걱정하지 마.

일하는 곳에서
사랑 찾을 생각은 없어.

곤란한 상황은
나도 질색이거든.

주말이 지나고 월요일 아침.

어푸—
어푸—

오늘 뭐 입지?

색조 화장 세포야,
너는 일 안 해?

하하하!

프라임 세포가
뭐 바르지 말랬거든.
근데 왜?

일이 없어.

유미 얼굴에
생기가 좀
없어 보여서…

그런가?
생기가 좀
없어 보이나?

흠…

루비
일찍 나왔네?

루비도
방금 왔어.

?!

내 눈은 못 속이지 후훗.

루비는 이럴 때 너무 신난다.

무료한 일상에서
재밌는 일을 찾아낼 때.

하지만 기술을 사용할 수 없습니다

이 기술은 상대가 사람이 아니더라도 사용할 수 있다.

상대가 군만두라고 해도 아무 문제 없다.

수제 만두인 줄 알았는데 클론 만두네?

…나 냉동이야.

와자작!!

와작작!!

출출아! 멈춰!!! 만두에 대한 진단은 내가 한다!

-프라임 사랑 세포-

간다!!! 사랑의 엑스레이!!!!

찰칵!!!

〈사랑의 엑스레이〉 특정 상대에 대해 빠르게 몰입하여 본질을 꿰뚫어 깊게 이해하는 능력.

하지만 저 친구의 옷을 봐!
일반적인 옷이 아니야!

180도의 깨끗한 기름으로
정성스럽게 튀겨낸 옷이다!

나는 이미 당신을
이해하고 있을 테니까.

잘 튀겼다
이 집 괜찮네

〈사랑의 엑스레이〉는
마법과도 같은 기술이다.

이 놀라운 기술에
한 가지 단점이 있다면

이 기술은 오직 집에서만 사용할 수 있다.

많이들 먹어.
여기 유명한 맛집이래.

맛있다!

내가 지금
뭘 먹는지도 모르겠다.

집 밖에서는 대부분의 세포들이
활동을 하지 않기 때문이지.

음식뿐만 아니라 사람 많은 극장에서는
영화를 봐도 눈에 들어오지 않고

휴대전화 뭔데?!!

팝콘 튀잖아!

제 원고는
어떤가요?

심지어 짤막한 글조차도
눈에 들어오지 않는다.

하지만 사랑의 엑스레이를
사용할 수 있는 집에서는

흑… 흑…
힘내 티라노.

그만 울어

배고프다… 히잉

CG 캐릭터의 연기에도
몰입할 수 있고

짧은 글이라도 그 속에 숨어 있는

?!

작가의 의도까지 읽어낸다.

유미 작가는
남녀를 언제 헤어질지 모르는
불안한 존재로 표현하고 있다.

유미 작가가 생각하는 연애란
두근거림이 아니라 예측할 수 없는
긴장감인가 보네?

우와……

신 대리
되게 예리하다.

넘 정확하게
이해하고 있어!

-프라임 작가 세포-

아 뭐야! 신 대리
뭔데! 하하하하.

야!!! 너 그거
무슨 감정이야?

이상한 거
아니야!

워! 워! 이건
업무적인 믿음이야!

믿음직한 편집자를 만나면
든든해진다.

믿음

앞으로 스토리 안 풀리면
신 대리랑 상의하면 되겠다.
헤헤헤.

사랑으로 바꿀 만한
감정 하나를 포착했다.

믿음.

-사랑 세포-

그거 알아?
이런 감정들은 사랑의 감정으로
변환시킬 수 있어.

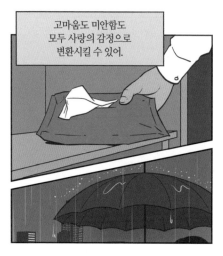

고마움도 미안함도
모두 사랑의 감정으로
변환시킬 수 있어.

내 임무는 유미가
사랑을 하게 만드는 것이다.

미안하지만 나는
원칙 따져가면서 일 안 해.

얍!!!

사랑으로
변환!!!!

?!!!!!

?!!!!!

?!!!!

믿음

잠 — 잠

…뭐 하냐?

앞으로 같이 일하면
도움 많이 받겠다.

왜 기술이
안 써지지???

448

루돌프

아닌 척하더니 사랑에 빠질 기회만 엿보고 있었던 거냐?

당장 끌고 가!!!

-사랑 세포-

이 아마추어들아!

-뒷북 세포-

다가다가! 다가다가! 다가다가!

일할 때 감정 관리도 중요한 거 몰라?

일 잘하는 애들은 일할 때 사랑 세포를 가둬둔다잖아. 이 아마추어들아.

쟤도 같이 잡아가.

김유미에게 분명 심경 변화가 생긴 것이다! 누굴까?

맷돌 굴려봐!

최근에 만났던
사랑 줄게...

루비의 맷돌은
핵융합 방식의 첨단 맷돌.

이런 게 있었어?

하지만 사용을 잘하지 않아
작동법에 익숙하지가 않다.

이거
전원 어떻게 켜는지
아는 세포?

여기 설명서
가져왔어!

설명서

쿠
구
궁
!!

좋아. 돌아간다!!
주변 남자 데이터를
모두 맷돌에 집어넣어!!!!

다 때려 넣어!

063

연일 오빠? 김유미 타입이 아니다!

카페 꽃돌이? 그 사람은 관둔 지 꽤 됐잖아??

그러면 누구지?!

김유미 주변 남자 데이터 더 없어?

구웅 있어!

구웅파일

구 남친은 저리 치워!

맷돌로는 한계가 있어!

기술을 사용한다!

아 누군데?! 응?? 지금 누구 있는 거 같은데??

나한테도 비밀?! 륜비 섭섭해!

〈조르기〉
자백을 유도하는 하급 기술.

아휴 조용해!
출판사 전화 왔어!

훠이~
저리 가!

안녕하세요
안 그래도 방금 보내신
메일 확인했거든요.

……

편집장님께서도
진행해도 좋을 것 같다고
하셔서…

중저음의 목소리…
듣기 좋다.

약간의 엠비언스가 있어
더 풍부한 저음이 느껴진다.

-귀-

고막

좋다…
좋은 음색이야.

헤헤 죄송.

일단 스토리 방향은 시놉에 맞춰서 진행하구요~

일단 스토리

시놉에 맞춰

?!!!!

저건 분명 솔이다.
지금 김유미는 평소보다 두 음 높은 솔 음으로 통화하고 있어!

두 음이나 높였다는 건 호감이 있다는 건데!

설마 지금 통화하고 있는 편집자한테?!!

449

순수한 호기심

나머지는 편집장님께서
알려주실 겁니다.
제가 내일부터 휴가거든요.

아 넵넵.
근데 휴가가
좀 늦으셨네요.

급!!!

벌
떡
!!

-호기심세포-

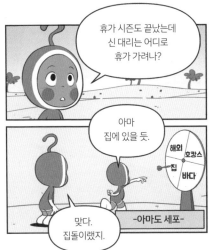

휴가 시즌도 끝났는데
신 대리는 어디로
휴가 가려나?

아마
집에 있을 듯.

해외 호광스
집 바다

맞다.
집돌이랬지.

-아마도 세포-

집에만 있음
여자친구가
싫어할 텐데?

여자친구가
없는 걸까?

여친 있든 말든
니가 그게 왜 궁금한데?!!!!
응?!!

꽥!!!

그냥 순수한
호기심이었는데?

유미 마을에서
순수한 호기심은
처벌하지 아니한다.

그럼 휴가 잘 보내세요.
연락드릴게요.

신… 순록

editor
Rudolph Sin
+82 10 XXXX XXXX

Julli publishing

ㅋㅋㅋ 루돌프는
뭔데?

귀여우시네.

편집장님과
유미의 나이는 같고

＝ 유미

신 대리는
편집장님의 학교 후배라고
했으니까 당연히

나보다 한두 살
어릴걸?

연하…

연하… 연하라…
하 괜찮을까?
쉽지 않다던데.

???

어디 보자…
연하의 장점이라

타닥—

타닥

하! 맞네!
이렇겠네! 옳지! 그래.
이런 점은 좋겠구나. 캬!

뭔 소린가 했더니
또 시작했군.

급!!!!

타닥 —

타닥 —

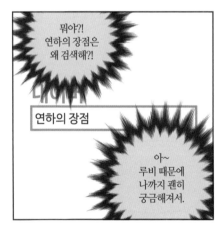

뭐야?!
연하의 장점은
왜 검색해?!

연하의 장점

아~
루비 때문에
나까지 괜히
궁금해져서.

걱정 마! 나야!
순수한 호기심!

단순한
궁금증이야!

의도가 없는 단순 궁금증은
처벌하지 아니한다.

근데 신 대리의 머리는
파마일까? 자연 곱슬일까?
파마는 그렇게 잘 안 나올 텐데.

잠들기 전에 드는 호기심은
문제 삼지 아니한다.

신 대리는 시력이
몇이나 되려나? 안경 보니까 도수가
높지 않은 것 같은데.

건강과 관련한 호기심은
건강한 호기심에 속한다.

집돌이들은 정말
휴가 내내 집에만 있나?
안 심심할까?

작가적 호기심은
권장 사항에 속한다.

잠깐만!!
뒤쪽에서
아는 사람
감지됐어.

아는 사람?

어?? 저 사람 신 대리 아니야?

그런 것 같기도 하고…

???

근데 휴가 중이라고 하지 않았나?

삐—끔

아냐. 맞는 거 같다.

어어??

에이… 아니네.

450

딸기 슈크림 붕어빵

?!!!!

어?
유미 작가
같은데?

맞네
유미 작가.

아는 척을
할까? 말까?

…아냐.
어차피 이제
내리잖아.

게다가 휴가 중인데
일 이야기
나누고 싶지 않아.

?!!

응?!
여기서 내렸어.

지난번에는
여기서 안 내리던데?

이 근처에
약속이 있나?

지금이라도
아는 척할까?

아냐. 인사하려면
더 빨리 쫓아가야 하는데
그냥 둬.

차라리
걷는 속도를 줄여서

유미 작가와의
간격을 벌리자.

마주치는 게 불편하면
그냥 다른 곳으로
돌아 가는 게 어때?

-이성 세포-

-출출 세포-

안 돼!
붕어빵 사려면
이 길로 가야 해!

아…

유미 작가도…

붕어빵 사러
온 거였군요?

나만 아는 맛집이었는데
이제 소문이 많이 난 모양이다.

하지만 여기 숨겨진
진짜 메뉴가 딸기 슈크림 붕어빵
이라는 것까지는 다들 모른다.

나만 알고 있을 거야

모두 주목!!!
첫인상 결과가
나왔어!!!!

빨리 발표해 줘!

저 남자!!!

첫인상 결과는!

작가님 저예요,
신 대리.

?!!!!

신… 대리님??

아… 안경을 안 쓰셔서
몰라뵀었네요. 안녕하세요.

안녕하세요

근데 여긴
무슨 일로…

저도 여기 붕어빵
사러 왔거든요.

딸기 슈크림
붕어빵!

451

들켰다!

딸기 슈크림
붕어빵?

내가 다
사버렸는데?

한발 빠른 출출이님이
이미 쓸어갔다!!
위너 테이킷 올!

-출출 세포-

돼지같이 혼자
다 처먹을 셈이냐?!!!

덕!

나눠줘!!!

-아낌없이 주는 나무-

!!!

헉 어떡하죠?
제가 남은 걸 다
사버렸는데.

!!

아! 8개 샀는데
4개 나눠드릴게요.

죄송하지만 4개씩 따로 포장 해주시겠어요?

괜히 저 때문에 죄송합니다.

불개방 신기록 13개

아녜요. 혼자 다 먹지도 못할 텐데.

야! 야! 누가 신 대리 좀 말려라!

-명탐정 세포-

돈 꺼내려고 하고 있잖아!

아뇨, 됐어요!! 이걸 뭘 돈을 받아요!!

여기 돈 넣어 둬요!!

그럼 제가 아이스크림 살게요. 붕어빵이랑 아이스크림이랑 같이 먹으면 맛있잖아요.

네! 좋아요.

근데 아까 첫인상 결과는 어떻게 나왔어?

-호기심 세포-

<별로>라고 나왔어! 궁금해하지 마!

붕어빵 두 개 포장해 주세요

......

어색하네. 뭐 할 말 없나?
재밌는 농담 같은 거라든지.

나! 나 물어볼 거
되게 많아!

-호기심 세포-

!!

호기심 세포

Q. 평소에는 안경을 안 쓰시나요?

시력이 나쁜 편이 아니에요.
일할 땐 글을 많이 읽으니까
눈이 아파서요.

호기심 세포

Q. 머리는 파마하신 거 맞죠?

아냐~

아뇨, 원래 곱슬이에요.
파마했냐는 말
정말 많이 들어요.

출출 세포

Q. 봉투에 든 건 뭔가요?

오늘 저녁이에요.
버섯 칼국수
포장해 왔어요.

질문 그만해.
저쪽은 질문도 안 하는데
유미만 너무 적극적이야.

궁금한 거
더 있는데...

얘들아 질문 들어왔어!
신 대리가 질문을 했어!!

뭐라고 했는데!!!
나 못 들었단 말이야!

네?

유미 작가님 집은
여기서 멀어요?

그건 왜?
혹시······

같은 방향이면
같이 걸으면서
더 이야기를
나누자는 뜻?!

똑바로 말해!
아까 신 대리 첫인상이
<별로>라고 나온 거 맞아?

-명탐정 세포-

마··· 맞다니까!
근데 그게 왜?

지금 신 대리가 가는 길에
이야기를 더 나누려고 하잖아!!

아까 첫인상이
<별로>였다고 해도

대화 정도는
더 나눠도 괜찮잖아!

그냥 동료로
친해질 수도
있는 거잖아!

여지를 주다 1

붕어빵 감사합니다.

저도요. 아이스크림 잘 먹을게요.

휴가 잘 보내세요.

네. 조심히 들어가세요.

한동안 잠잠하다 했더니

또 시작인가?

-시러시러 세포-

내 말 듣긴 한 거야?
같이 일하는 사람과 연애로
엮이는 거 좋지 않아!

유미야
이런 쓸데없는 감정에
휩쓸리지 마.

치이이익!!!!

붕어빵이나
빨리 먹어.

으음...

...만나는 사람이
있을 수도 있고

나를 연애 상대로
안 볼 수도 있는 거고.

콰지지직!!

이런 생각 자체가
이미 좋아하고 있다는
증거다, 멍충아!

응?!
짝사랑??

그럼 짝사랑이지.
뭘 기대했냐?

바로 썸이라도
탈 줄 알았어?

어차피 신 대리랑은
짝사랑 단계를 벗어나지도
못할 거다!

...오H?

상대방이 <여지>를 줘야
짝사랑에서 벗어날 수
있는 거잖아!

짝사랑 단계에서
상대방이 여지를 주면
썸으로 넘어가지만

여지를 안 주면
계속 짝사랑에
머물러 있는 거지.

회식 때 자리 맡아주기

여기…

계속되는 질문

??

나한테만 좀
다르게 웃어주기

이런 게 여지를 주는 거야!
신 대리한테 받은 적 있어?!

없어!!!

저쪽은 유미에게
관심도 없다는 뜻이지.

하지만

<여지>는 유미가
줄 수도 있는데?

짝사랑하는 대상에게
줄 수 있는 <여지> 중에서

가장 효과적이며
널리 쓰이는 게…

선톡!

타
닥
ㅡ

타
닥
ㅡ

음…

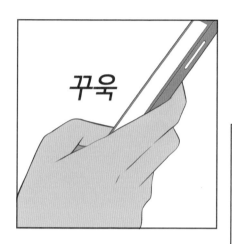

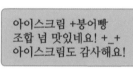아이스크림 +붕어빵
조합 넘 맛있네요! +_+
아이스크림도 감사해요!

453

여지를 주다 2

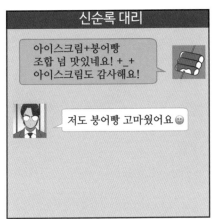

신순록 대리

아이스크림+붕어빵
조합 넘 맛있네요! +_+
아이스크림도 감사해요!

저도 붕어빵 고마웠어요 🙂

어요 🙂

스마일…

이거 싫은 사람에는
절대 못 보내는 거.

빵 고마웠어요 🙂

아니 그럼?!!!

순록이도 좋대!!!!

떵!

-설레발 세포-

여기 위험 세포
한 마리 발견.

답장 받았을 때
빨리 빠지자!

-불안 세포-

설레발 세포가
선 넘기 전에!

타닥!

타닥!

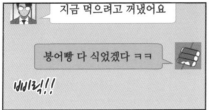

지금 먹으려고 꺼냈어요

붕어빵 다 식었겠다 ㅋㅋ

삐리릭!!

ㅋㅋㅋㅋㅋㅋㅋㅋㅋㅋ

영화 보면서 먹으려고
아껴놨어요 다 식었네요

웃었다!

딱 하나만 더!
이것만 물어보고
마무리하자.

그만해 설레발이
이끌으로 오고 있대

근데 무슨 영화 보세요?

토마스 게임이요

제임스 킹 원작이라 보려고요

삐리릭!!

저도 좋아하는데! 제임스 킹

지난주에 제임스 킹 원작의 신작 영화 개봉했어!

아 맞다!

-어디서 본 건 있는 세포-

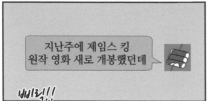

지난주에 제임스 킹 원작 영화 새로 개봉했던데

삐비릭!!

극장에 사람 많으면 집중이 안 돼서 영화 내릴 즈음에 가려고 하고 있어요

저도 기대하고 있는 영화라서

신 대리 휴가 중이잖아 평일 오전 첫 타임에 가면 되겠네. 사람 거의 없으니까.

-오지랖 세포-

그렇지!!

더 길어지기 전에 진짜 이거까지만 보내자.

평일 오전 첫 타임은 사람 거의 없을 거예요!

맞네! 휴가 중에 빨리 봐야겠어요

삐비릭!!

아ㅇㅇㅇㅇㅇㅇㅇㅇ･･･

여지를 주다 3

괜찮아! 유미야.
수습하면 돼!!

아주아주
자연스럽게!

타닥!!

타닥!!

'아! 내가 오해했구나'
라는 생각이 들도록

타닥!!

타닥!!

삐리릭!!!!

네 ㅋㅋ 혼자 보는 게 편하죠~
그럼 남은 휴가 잘 보내세요

…더 비참해.

야!!! 사고를 쳤으면
수습을 하고 가!!!!

다다다다

-이성 세포-

-감성 세포-

야!! 왜 갑자기
그런 문자를 보내서…

-입방정 세포-

-패션 세포-

싸우지 마!

니들 의견
반반씩 반영해서
꾸안꾸로 할게

꾸안꾸의 완성은
안 꾸몄다고 우기는 데에 있다.

루비
일찍 나왔네?

뭐야?!
오늘 어디 가??

……

왜? 평소대로
입은 건데?

평소에
안 입던 옷인데?

옷을 다 빨아서
이거밖에 없었는데?

화장도 했는데?

선크림 백탁현상
때문인데?

언니는 옆에서 챙겨주는 그런 스타일 만나야 한다니까. 신 대리는 아니야.

완전 깍쟁이 스타일이던데

아니야. 신 대리한테 관심 1도 없어.

내가 경험자로서 말해주는 거야!

신 대리 같은 타입은 언니 피곤해서 못 만나!

아니야

인상도 너무 차가워!!!

아니야!!! 안경 벗으면 엄청 귀여워!!!!!

꽥!!

이제 속이 시원하냐?

아… 결국 말해버렸네. 뭐야? 루비 표정 뭔데?

118

그보다
안경 벗으면
귀엽다는 말
들었으면 어쩌지?!

-불안 세포-

안경 벗으면
귀여운 사람이
한둘이야?

잘아떼면
그만이지!!

이런 상황에
정색하면 더 이상해!

-이성 세포-

속내를 감출 땐
오히려 밝게 나가는 게
효과적이죠!

촤악!!

-리액션 1호-

게다가 유미는
꾸안꾸 상태다!
자신감 있게 가!!!

어?! 신 대리님!
휴가 중이신데
여기 어쩐 일로?

출판사에서
지난달에 출간한 책들인데…
전해드린다는 걸 깜빡했네요.

그런 건 휴가 끝나고
전해주셔도 되는데.

드릴 말씀도 있구요.

?!

455

여지를 회수합니다

여지라는 것은 늘 일상적인 대화 속에 숨어 있어서 놓치고 지나가기 쉽다.

그래서 좋아하는 사람이 있는 사람들은 늘 모든 신경을 잔뜩 세우고 있다.

혹시라도 상대방이 주는 여지를 놓치고 지나갈까 봐.

하신다는 말씀이…?

어제 말씀하셨던 그 영화 있잖아요.

아, 네네.

안경에 주목해!! 신 대리는 뭔가 읽을 때만 안경을 쓴댔어!

-명탐정 세포-

맞아 그랬었지!

122

그가 읽으려는 것은 자막일 거야! 영화 보러 나온 거라고!

정말로 유미랑 가자는 말을 하려고 온 걸까?

제가 곰곰이 생각해 봤는데

제임스 킹의 추리 영화가 로맨스 소설과 맞닿아 있는 부분이 있어요.

둘 다 궁금증 하나로 긴장감을 유지한다는 거예요.

??

범인이 과연 누구인지 남자 주인공의 속내가 무엇인지 말이죠.

그래서 말인데요.

어제 말했던 영화를
작가님도 보시면 좋을 것 같아요.
작가님 작품에 긴장감을 넣어줄
아이디어를 찾을 수도 있잖아요.

저 긴 설명은
영화를 같이 볼
명분이야!

정말… 같이 영화
보려고 들른 걸까?

그렇게 말씀하시니까
저도 당장 그 영화를
봐야 할 것 같은 생각이 드네요.

네, 꼭 보세요.
재밌게 만들었더라고요.

-사랑 세포-   -명탐정 세포-

어떻게 된 거야?!
이미 보고 왔잖아!!

…아침 일찍 보고
오셨나 보네요?

네. 영화 내리기 전에
꼭 보셨으면 해서.

-의심 세포-

겨우?
그런 건 문자로 해도
충분하잖아??

그 말만 하려고
왔을 리가 없는데?

전 이만 일어날게요.
작가님도 작업하셔야 하니까.

네?
가시게요?

오늘… 그 이야기 하려고 오신 거예요?

네.

출판사도 그렇고 저도 작가님 새 작품 기대하고 있어요.

잘하면 정말 좋은 작품이 나올 것 같거든요.

작가님을 서포트하는 게 제 일이잖아요. 저는 **편집자**니까요.

?!!!!!!

잠깐만…
방금 저 말은 작가와
편집자 사이니까 업무에만
충실하자는 말처럼
들리는데?

설마
내가 무슨 생각인지
알고 있나??
겨우 문자 몇 번으로??

화끈!!!

아냐!
"일하는데 서로 불편해질 일
만들지 맙시다"
라는 의미 같아!

설마 그걸 알려주려고
오늘 온 걸까?

영화 같이
보자고만 했을 뿐인데.
쿨럭!

…속내를
벌써 들킨 거야?

-사랑 세포-

127

-작가 세포-

내 이럴 줄 알았다!!!!!!

이제 어쩔 거야?! 앞으로 민망해서 일 어떻게 같이 할 거야?!

여지를 주는 행동들은 왜 다 애매모호한 줄 알아?

?!

위급한 순간에 여지를 회수할 수 있게 하기 위해서다!

-판사 세포-

우리 유미가 일할 때 조금이라도 덜 민망해지려면 이거밖에 없어.

I ♥ YUMI

<여지>를 회수하자!

그럼 가볼게요.

그러게 저랑 같이 갔으면 영화 무료로 볼 수 있었을 텐데.

아깝네요.

??

영화 초대권 받은 게 많아서 '언제 다 쓰나' 하고 있었거든요.

!!

영화 볼 일 있음 저한테 말씀해 주세요.

초대권들 좀 처리하게.

456

선을 넘지 말아주세요

삐릭!!

저도 보고 싶었던 영화였는데 같이 보러 가실래요?

어?!

이건 업무적인 교류에서 벗어난 거 같은데?

…불편하게 왜 이러시지?

모두 집합!! 위험 경보가 울렸다!

삐용! 삐용!

문자에서 <여지>가 검출됐다!!!

뭣이라고?!!! 김유미 작가가 왜?! 순록이를 언제 봤다고?!!!

-사랑 세포-

이야기 나눈 것도 별로 없는데?

김유미 작가 차트 가져와! 어서!

이름	김유미
관계	업무 관계

중요도 ☑높음 ☐보통 ☐낮음

어쩌면 응급 수술 들어가야 할지도 몰라!

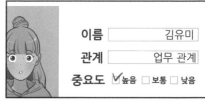

〈순록이의 원칙〉
일하는 곳에서는 연애하지 않는다

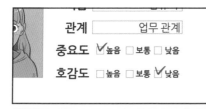

관계	업무 관계

중요도 ☑높음 ☐보통 ☐낮음

호감도 ☐높음 ☐보통 ☑낮음

〈순록이의 원칙〉
연애 감정이 없는 상대와는
단둘이 극장에 가지 않는다

여지 절제술 들어간다!
수술 준비해!! 메스!

콱 잘라내!!!

이런 건
확실하게 하는 게

다행이다. 유미 작가도 별로 기분 나빠 하지 않는 것 같아.

-다음 날-

오늘… 그 이야기 하려고 오신 거예요?

삐용!

삐용!

헉!!
위험 경보가 또?!!

일 이야기 하러 왔지. 그럼 왜 왔겠어?

-사랑 세포-

설마 순록이가 찾아온 걸 **<여지>**로 해석하는 건가?

사랑의 엑스레이를
찍어보면 상대방의
상태를 알 수 있을 텐데

집 밖에서는
사용할 수 없는
기술이다.

안 되겠다! 일이 커지기 전에
강한 처방을 써야겠다!

뭘 하려고요!!

선 긋기를
해야 할 것 같아.

〈선 긋기〉
당신과 연애할 마음이 없음을
우회적으로 밝혀 더는 다가오지
못하게 하는 연애 방어 기술.

만약에 그런 마음이 없는데 선 긋기를 당하면 기분 나쁠 텐데?!

걱정 마. 두루뭉술하게 할 거야.

작가님을 서포트 하는 게 제 일이잖아요 저는 **편집자**니까요.

=우리는 업무적 관계입니다. 잊지 마세요.

선 긋기!!!

촤아아악!!!!!

관심도 없는 사람에게
선 긋기를 당하면 황당할 뿐이지만

좋아하는 사람에게
선 긋기를 당할 때는
……무너진다.

이때 빠르게 응급처치를 해야
피해를 최소화시킬 수 있다.

영화 볼 일 있음
저한테 말씀해 주세요

?!

초대권를 좀
처리하게...

우선 회수할 수 있는
여지는 빨리 회수하고

그렇게 나오면
나도 싫다, 요놈아.

순록이에 대한 마음
당장 갖다 버려!!!

빨리 버릴수록
피해를 최소화할 수 있어!

좋아하는 감정이 아직
작은 상태라면 버릴 수 있다.

!!

가끔 버렸는데도
되돌아오는 감정이 있는데

!!

-구질구질 세포-

그렇게 되돌아온 감정은
바로 진짜 짝사랑이 된다.

다가갈 수도 없는데
버려지지 않는 감정.

이게 바로 진짜
짝사랑이다.

457

하트 깨기 1

아무리 버려도
다시 되돌아오는 하트.

애들아!
이거 봐라!

그만 주워 와!

하트를 버렸다가
다시 주워 오잖아?
그럼 더 커져 있다? 이거 봐.

함부로 버리지도
못하겠네...

쑥~

쑥~

사람 감정이 참 묘한 게
안 될 걸 알면 포기하는 게 아니라
더 간절해지는 건 뭐지?

버릴 수 없으면
숨겨두자!

유미도
모르게!

···다 들려

감정을 숨긴다고 될 일이냐?
말과 행동에서도 나타내야지.

타닥!
타닥!

휴가 끝났습니다 작가님
작품 관련 이야기 좀 나누고
싶은데 언제가 편하실까요?

삐리릭!

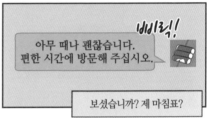
아무 때나 괜찮습니다.
편한 시간에 방문해 주십시오.

삐리릭!

보셨습니까? 제 마침표?

선을 넘지 말래서 근처에도
안 가는 김유미입니다.

삐친 거 아닙니다!

저는 앞으로 일할 때
편하게 입기로 했습니다.

잘 보일 사람이 없다는
그런 뜻입니다.

신 대리님 눈치 빠른 것
같던데 제 뜻 대충 아시겠죠?

오올~ 김유미 요즘
은근 멋 낸다니까?

이 와중에
꾸안꾸 했냐?!

떡!!!

-패션 세포-

크큭 걸렸군.

너처럼 말 안 듣는
녀석들이 꼭 있다니까.
그럴 줄 알고 색조 화장 팀은
미리 감옥에 보냈지.

그런데 유미 입술은 왜 연핑크야?

유미 입술. 건강을 위해서다!

건강관리 세포 이 자식… 컬러 립밤을 썼나 보네.

이런 바보들! 순록이에 대한 하트가 마음에 있는 이상

세포들을 통제할 수 없어!

하트는 버리는 게 아니라 깨는 거야. 몰랐어?

?!!?!

깨는 거라고?

'확 깬다'라는 말도 들어본 적 없어??

-시러시러 세포-

아! 싫은 점을 찾아내라는 뜻이구나!

유미가 싫어하는 부분을 신 대리가
단 하나라도 갖고 있다면 저거 깰 수 있다.

와장창!

후비적ㅣ

후비적ㅣ

앗! 실망이야!

지금부터 모든 감각을 열어서
순록이에게 집중해야 해.

그리고 싫은 점을
찾아내야 해!

유미 언니!
신 대리님 오셨어요.

슥~

슥~

응, 알았어.

죄송합니다.
좀 늦었습니다.

마스크??
오늘 미세먼지도
없는데??

뭐야? 어디 아픈가?
요즘 독감 유행인데…

킁! 킁!

목감기??

커피 한잔
드릴까요?

아뇨, 괜찮습니다.
그냥 물 한잔
부탁드릴게요.

시원한 얼음물
대령이오!

달그락~

달그락~

루비야, 미안한데
따뜻한 물도
좀 부탁할게.

…목 아프시면
따뜻한 물 드세요.

…고맙습니다.

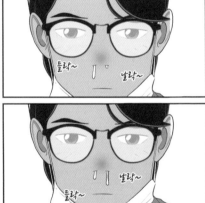

콧물 덜렁덜렁하는 모습 어때?
깨지 않아? 쌍콧물이야!

그치? 깨잖아.

귀여워!! 켁!!

덜!!

코 먹는 게
뭐가 귀여워!

내 눈엔 귀여운 걸
어떡하라고…

삼켰다!!!!!

키히잉!!!

삼켰다고! 어때?! 깨지?!

458

하트 깨기 2

역시 김유미…
연애 경험이 풍부해서
고급 기술들을 꿰차고 있군.

<흥 해요>를 사용하기
가장 좋은 타이밍!

탁!

!!

흥해요!!!

땅!!

〈흥 해요〉
아기 대하듯 '흥 해요'라고 말하며
다정하게 휴지를 챙겨주는 기술.

아까 따뜻한 물
챙겨주기에 이어 곧바로
흥 해요까지!

연속 득점 이로군

여서 흥 해요!

쓰세요.

김유미!
지금 뭐 하는
거야?!!

스윽

왜 이렇게 무뚝뚝하게
기술을 쓰는 거야?!!

툭!

대놓고 보란 듯이
기술을 펼치잖아!!!

*츤데레 방식으로
기술을 걸면 그건
포인트 합산이 안 돼!!

*츤데레 방식 :
티 안 나게 기술을 구사하는 방식.

게다가 지금
신 대리는
아픈 상태라서

헉...

컥...

아퍼...

감동을
두 배로 받는다!
더블 포인트
찬스란 말이야!

그럼 원고 수정 내용들 확인할까요?

넵

한심하네. 저렇게 해서 관심이나 끌겠어?

잠깐만!! 저거 뭐야?!!

뚜둥!

귤… 귤이다!!!!

맙소사!!! 큰 거 한 방을 노리고 있었군!!!

이 타이밍에 귤이라니!!!

한 방에 끝내려나 봐!

〈귤이 감기에 좋대요〉
감기 걸린 사람에게 다정하게
귤을 건네며 건강까지 챙겨주는 기술.

151

유미 작가님.

??

귤…

맛있네요.

…그쵸.

일부러
선을 넘지 않는 경우는
선 긋기를 당했거나!
상대방에 대한 정보가
전혀 없거나!!

둘 중 하나다!

?!!!!!
아 맙소사

가보겠습니다.

그럼 조심히
들어가세요.

누굴 좋아할 때
정보 수집은 기본 중의
기본 아니었나?

......

정보 수집 단계에서
이미 넌 패배했다,
김유미.

점심 뭐 먹을래?

내가 윤희랑
방금 톡 주고받으면서
다 알아냈어!!!!

소개팅한대.

쿵!!!!

순록인지
캥거루인지 암튼
그놈!

편집장 소개로
다음 주에…

나중에 꼭 돌려주세요 1

순록이 다음 주에
소개팅한다고!

아… 그래?

괜찮아?

괜찮지, 그럼.
네가 생각하는
그런 거 아니야.

"신 대리님 그냥
스타일 괜찮네" 하는
정도였어.

아파서 골골대도
소개팅은
나가시겠다?

펑!!!

집돌이라며?!!
어디 나가는 거
싫어한다며?!!!

광ㅡ   광ㅡ

-히스테리우스-

쾅!!!!!!

누구 만날 마음은 있지만
유미는 절대 아니다?

뭐야?
어디 가?

네~ 네~
알겠습니다.

나 오늘은 일찍
들어갈게.
머리가 좀 아프네.

으이구
아까 괜찮다더니

밖에 비 와.

우산 챙겨 가.

쏴아아아

?!!

아직 안 갔어?
아… 우산이 없나 보네?

작업실에
우산 많은데…

하나 빌려주…

아직 정신 못
차렸냐?!

떡!

-이성 세포-

신경 써준다고
고마워할 거 같냐?

펑!

뭐 이쁘다고
우산을 챙겨줘!!

작가님!

우산 다 팔렸대요.

……

…추운데 이거라도
드시면서 가세요.

이러면
그냥 내버려 두고
가기 미안해지는데.

정류장까지
가시는 거면
같이 가시죠.

…감사합니다.

쿵쾅대지 말라 전해라.

이 와중에 쿵쾅대면 진짜
자존심도 없는 거다?

쿵쾅!

쿵쾅!

쿵쾅!

나도 아는데…

그게 맘대로
되는 게 아니라서.

쿵쾅!

쿵쾅!

쿵쾅!

쿵쾅!

쿵쾅!

♫야호!

-응큼 세포-

순록이는 집 밖에서는
절전모드로 생활한다.

꼬···

꼬····

집 밖을 나서는 순간부터
에너지가 죽죽 닳기 때문인데

오늘처럼 아픈 날에는
감성 세포가 순록이를 컨트롤한다.

날씨도 좋은데
회사 쨀까?

-감성 세포-

오늘 좀 불안한데?

뭐? 외근?!
아파 죽겠는데
외근도 있어?!

냅둥댕~

짜증 X2

아 짜증 나

그래서 아픈 날은 평소보다
모든 감정이 두 배 예민해진다.

그런 날 비까지 내린다?

······

비까지 오면 감성 세포는 추가 능력치를 받아 감정이 4배까지 예민해진다.

이런 날은 둘 중 하나다. 최악이거나 최고이거나.

돌겠네 진짜. …그냥 바로 퇴근해 버릴까?

이번에는 또 뭐야?

위잉!!!

위잉!!!

어서! 시계를 봐!!! 큰일 났어!!!

……

배도 고픈데…

…감사합니다.

이런 날은
고마운 감정도 X8

비 다 맞잖아요.
이쪽으로 붙어요.

획!

공감 능력도 X8

✔ 행선지

작가님 집에 가시는 거 아니셨어요?

저는 집에 먹을 게 없어서 점심 좀 먹고 들어가려고요.

✔ 함께 식사

…뭐 드시러 가시는데요?

비도 오니까…

칼국수?!!

떡볶이나 먹고 들어가려고요.

우산…
제가 들까요?

그래요.

제가 휴가 중에 괜찮은 곳을
하나 발견했거든요.

이 근처는 저도 빠삭한데?
가게 이름이 뭔데요?

나중에 꼭 돌려주세요 3

여기 꽤 맛있…

에… 어차피 문도 안 열었네요.

개인적인 사정으로 오늘은 오후 늦게 연대요.

다른 곳으로 가요. 제가 안내할게요.

…개인 사정? 무슨 일 있나?

암튼 식겁했네… 휴.

출출아 이거
네 입맛 아니야?

아까 너무 놀라서
떨어져버렸어.

-출출 세포-

지금 머리에
달린 건 뭔데?

입맛은 진정되면
다시 돋아나.

맛있네

냠냠

여기 정말 맛있네요.

그쵸? 여기도
꽤 유명해요.

갈 때 포장도
해 가야겠어요.

여긴 포장
안 되는데?

와서 드시면
되잖아요.

…그건 싫어요.

바비 분식은
포장되는데.

툭!

펑!

찌릿!!

〈유미 레이져 빔〉

우물
우물
……
잠자코…

바비 분식을 유독
싫어하시네요?

…싫어하는 게
아니라

아 있어요.
그런 게…

뭔데요?

거기가 사실은…

?!!

살면서 참으로 이상한 날이
한 번씩 있다.

아무리 피해도 어떤 사람을
기어이 마주쳐야만 하는 그런 날.

!!!!!!

다 먹었죠?
이만 일어나시죠.

빨리! 빨리!

우물
우물
우물

잠깐만요.
신 대리님 입 좀 닦아요!
떡볶이 국물
다 묻었잖아요.

잠깐! 코!
콧물 뭔데!
빨리 흥 해요.

아 네…

유미 작가님!

왜요?

맛집 소개해 주셨으니까
식사는 제가 사도 될까요?

그럼 다음에
제가 살게요.
저 먼저 나가 있어도
될까요?

네.

일행이 한 명
더 올 건데요…

가게 문 닫고 겨우 여기 온 거야?

아… 쇼핑하러 나왔구나?

julli's Ring

줄리스 링이면 반지 브랜드인데? …설마 쟤 결혼하나?

다를 서둘지!!

때흐리 나가!

-감성 세포-

꾸물거릴 때가 아니야! 빨리 나가!

-이성 세포-

…뭔들 어때? 잘 살아라, 바비야.

유미 작가님!

!!!!!

462

나중에 꼭 돌려주세요 끝

유미 작가님!

사탕 하나
드세요.

?!!

?!!!!!

전 됐어요

너무 갑작스러워서
나도 모르게

인사할 뻔했다.

업무 관계!
출판사 쪽 사람!
남자 쪽이 관심 있음!

-명탐정 세포-

휙!

재빨리 분위기를 파악하고
모르는 척했다.

!!!!

유미 우산!
우산 가져가야지!

-개오바 세포-

야! 가만있어!!!

저기요!

?!

우산 두고
가시는 거 같은데.

!!!

아! 맞다!
감사합니다.

저 사람을…
어디서 봤더라?

…말도 안 돼.

자 이제 가볼까요?

하지만 내 상상이
사실이라면

맛있게 잘 먹었어요.
다음에는 제가 살게요.

유미 작가에게는
최악의 날.

하지만 이건 그냥
내 상상일 뿐이니까

정말로
그렇게 믿어버리면
곤란하다.

그렇게 믿어버리면

특별한 사람에게만 사용

☐ 걱정 ☐ 위로

☐ 기분 전환 ☐ 즉흥적인 제안

원칙을 깨버리게
되니까.

떡볶이 먹었으니까
커피 한잔해야죠?

특별한 사람에
☐ 걱정   ☐ 위
☑ 기분전환   ☐ 즉

저는 됐어요.
먼저 가볼게요 이만.

그럼 우산
가져가세요.

저는 집이 근처에요.
그냥 신 대리님
쓰세요.

그럼 작가님
집 앞까지 같이 가요.
그리고 제가 우산 빌려 갈게요.

철컥!

비… 너무
많이 오잖아요.

오빠.

나 아까 들어오면서 유미 언니 봤어.

골랐어?

나도 봤어. 그런데 너…

비를 왜 이렇게 많이 맞았어?

우산 안 쓰고 왔어?

어휴… 이러다 감기 걸려 다은아.

나 괜찮은데?

463

잘 지내고 싶어(애랑)

이것은 헤어진 연인이 마주치고
서로 인식하는 순간 시작된다.

?!!

?!!

유바비…

누가 누가 잘 지내냐 배틀

김유미?!

바비…
여전히 잘 꾸미고 다니네.

바비는
여전히 흐트러짐 없는
모습이다.

하지만
유미도 마침 꾸안꾸 상태!
안 꿀린다!!!

-자신감-

아니야, 유미야!
지금 꾸안꾸 아니야!

-패션 세포-

이건
윗옷을 어깨에 둘러야
꾸안꾸야!!!

지금은 그냥
추리닝 바람이야!!

또?!!!

쟤 마주칠 땐
왜 늘 추리닝 바람인데!

좌앗!!

중요한 건
옷이 아니야!!!

보다시피 유미는 혼자 온 게 아니야.
어떤 남자랑 같이 밥 먹으러 왔어.

딱 봐도 호호깔깔
잘 지내는 느낌 아니야?

Julli's Ring

스윽

Julli's Ring

저건 줄리스 링
쇼핑백...

그에 비해 나는
선 긋기 당한 출판사 직원이랑
그냥 밥 먹으러 온 거야.

게다가 밥도
우산 없어서 씌워주다가
같이 오게 된 거고···

···갑자기 내 꼴이
뭔가 비참하네.

잘 지내는 예전 연인의
모습을 보면

지금 나는 어떤지
자꾸 비교하게 된다.

뭔가 좀 달콤한 게
먹고 싶은데…

이거
마셔야겠다!

히스테리우스 너
딱 기다려.
달달한 커피로 그냥 콱!

유저는 고정상
뭐 했어? ㅋㅋㅋㅋ

?!!

띠링!

작가님 잘 들어가셨어요?
오늘 여러 가지로
감사했습니다

저는 집에 가서 마실 커피 사서
일찍 퇴근하는 중입니다

띠링!

띠링!

커피도 다 식겠네 ㅋ

띠링!

식는다고요? 그럴 리가

띠링!

ㅋㅋㅋㅋㅋㅋㅋㅋㅋ

뭐야…
뭐가 이렇게
달달해?

아직 커피는
마시지도 않았는데?

몰라.
신 대리랑 톡 주고
받으니까 생겨났어.

464

추억의 연상 효과

내일 신 대리
소개팅하는 날이네.

애타는 심정…
뭔가 터질 것 같이 부글부글 대는
그런 느낌이랄까.

야! 사랑 세포 이상해!
곧 터질 것 같아! 모두 피해!

-사랑 세포-

이쪽으로
오지 마!!!!

그러게 내가 말릴 때
가만있었어야지.

-작가 세포-

터지면 마을이
쑥대밭이 되겠…?!

모든 에너지는
다른 형식으로
바꿀 수 있다!

우웁!!!

애타는 마음을
글 쓰는 데 이용해야겠다!

옳지 옳지.
괜찮아. 나 따라와.

쿠워어어!!!

떠오른다!
뭐가 떠오른다!

타라라라라라랑!!!!

김유미!!!
니 전 남친 결혼한다!
지금 글이 써지냐?!!

누구?
바비?

그래!
이거 좀 봐.

!!!!

어쩐지…
이럴 줄 알았다.
하… 나 얘 알아.

누군데?!
어떻게 아는데??

흥미진진!

머릿속으로
예상하는 것과

실체를 눈앞에서
마주하는 건 느낌이
좀 다르다.

-감성 세포-

우음!!!

쟤는 왜 저래?
이번엔 또 뭔데?

넌 뭔데? 속 뒤집어짐?
애잔함?

음!!!!

뭐든 좋아
여기에 쏟아.
옳지 옳지.

타라라라락!!!

오오!! 떠오른다!
옳지 옳지!

타라라라라락!!!!

미쳤나 봐…

이거라도
마시면서 해.

탁!

오잉?
이게 뭐야?

유자차네?
유자차가 있었나?

응. 제트 오빠
타주려고 예전에
갖다 놨어.

……

207

나는 유자차만
보면… 혹시 걔 알아?

서새이라고?
걔가 그렇게 생각난다?

걔가 웅이한테
보낸 유자차 때문에
싸웠었거든.

나도!
치킨만 보면
우기 XX가 그렇게
떠오른다?

…같이 치킨 먹은 적이
있어서 그런가?

〈추억의 연상 효과〉
특정 사물에 특정 인물이
저장되는 현상.

유미에게도
만두에 저장된 구웅

캔커피에 저장된 우기가 있다.

삑!삑!삑!

철컥!

어?! 집에
누가 와 있나?!

저거…
저거 뭔데?!!

-호들갑 세포-

아 맞다…
유미 작가 우산.

아 놀랐잖아

우산이고 뭐고
퇴근해서 행복해.
지금부터 드라마 타임!

얍!

집돌이로
변신!!!!

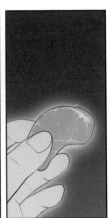

추억의 연상 효과.

특정 사물에 특정 인물이
저장되는 현상으로

해당 사물을 다시 쓰거나
섭취할 때마다 특정 인물이
자꾸 생각난다.

465

소개팅 1

유미 작가…

!!!

!!

위이이잉!!!!

내일 뵙기로 한 김선화입니다
시간과 장소는 특별히 변함
없으신가 해서 연락드렸어요

아 맞다. 내일 소개팅.

내일이 드디어 소개팅 날이다!
이성 세포 혼자
소개팅을 감당하기엔 무리다!

그래서 특별히 세포를
한 마리를 더
투입시킬거야!

…아닌가? 너무 신경을 안 썼나?

지금 옷 걱정할 때가 아니야! 저길 봐!

사람 많은 곳이라 에너지가 벌써부터 쭉쭉 닳고 있어!

북적~

북적~

북적~

도착했다는데 어딨지?

북적~

북적~

쥭윽~

쥭윽~

아… 정신없어.

좀 조용한 곳을 알아볼 걸 그랬어.

톡톡

217

게다가
출판사에서 로맨스 파트를
맡아서 하신다고.

지금도 잘
안 들리는데…

모든 감각을
저쪽에 집중하자!

주변을 감지하는
감각은 전부
오프 상태로!

대화에만
집중한다!

-이성 세포-

저랑 굉장히 비슷해서
만나게 해주고 싶었다고
그러시더라고요.

들린다!

뭔가 혼자 하는 걸
좋아하신다고…

그녀의 말이 조금씩
들리기 시작했다.

실은 저도 그렇거든요. 집에서 잘 안 나와요.

순간 쭉쭉 닮아지던 에너지도 멈췄다.

주변을 감지하는 감각을 꺼버려서

순록이가 지금 복잡한 곳에 있지 않다고 인식하는 것 같다.

-스마일 세포-

아 그러시구나. 저도 잘 안 나오긴 해요.

466

소개팅 2

오…
이 사람이에요? 신순록?

섹시함이란
수트를 입는다는 것.

인상이 되게
차가워 보여요.

섹시함이란
안경을 착용하는 것.

까칠하긴 한데
친해지면 안 그래.

-음큼 세포-

콰지직!!!

섹시함이란
까칠하고 차가운 것.

까칠하고 차가운
안경남 떴다!

퍼펙트!

안대쭝 나이스

옳지! 내가 이런 걸
원했었다고!!

분명
잘 웃지도 않고
냉소적일 거야.

아 미치겠네

내가 엉뚱한 소리를 해대면
그제서야 "풋" 웃고 말겠지?

…엄청 기대했는데
이거 아니잖아요.

아 그러게두아
근데 집 밖으로
잘 안 나가긴 해

까칠하다며?!
맨날 수트만 입는다며?!

………

-응큼 세포-

반들~

반들~

대용 선배!! 얘는 그냥 착한
멍뭉이 타입이잖아요!

221

매너 세포야
쟤 커피 흘렸어.

-매너 세포-

-이성 세포-

근데 왜?
순록이가 흘린 거
아니잖아.

그게 아니라
냅킨이라도 건네줘.

냅킨은
쟤랑 더 가까운데?

이럴 거면
왜 따라왔어?!
일 좀 해!

......

223

오늘 만나서 반가웠어요.

순록 씨는 너무 착하신 분 같아요.

=너 아웃.

조심히 들어가세요. 저도 편한 분 만나서 즐거웠어요.

나랑 비슷해서 편해.

그래서 안 설레.

입 좀 닦아요.
떡볶이 국물
다 묻었잖아요.

비 다 맞잖아요.
이쪽으로 붙어요.

콧물 뭔데!
빨리 흥 해요.

그런 거…

467

너무 늦지 않았나요?

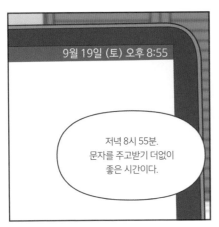

9월 19일 (토) 오후 8:55

저녁 8시 55분.
문자를 주고받기 더없이
좋은 시간이다.

잘 들어가셨어요?

좋은 밤 되세요.

주말 잘 보내시구요 :)

세상 쓰잘데기 없는 멘트…
하지만 세상 달콤한 말.

왜 달콤한 건
쓰잘데기가 없는 걸까?

-감성 세포-

소개팅을 마친 신순록이는
지금 쓸데없지만 달콤한 문자를
주고받고 있겠지?

…망할 놈

230

감성아…

유미가
너 좀 닥치래.

일하는 데 거슬린대

그렇게 기회가 있을 때
더 적극적으로 하든지.

-뒷북 세포-

닥쳐! 순록이가
어디 기회나 줬냐?!

오늘 같은 날은 일찍
잠들면 좋겠는데…

잠도 안 온다.

삐삐삐삑

철컥!

?!!!

누구?

아…
유미 작가 우산.

빨리 돌려주든지
해야지. 집에 올 때마다
이게 뭐야.

만약에
정말 누군가 와 있다면?
그럼 어떨까?

……

그나저나 우산 돌려줘야 하는데…

우산에 주인이 어딨냐. 그냥 순록이 꺼 하자.

-매너 세포-

8시 55분. 찾아가기에는 조금 늦었지?

당연히 늦었지! 오늘 힘든 하루였잖아! 어딜 또 기어 나가!

-이성 세포-

!!!!

수… 순록이한테
문자 왔었어!!!

유미 작가님

우산 돌려드리려고 하는데
근처에 잠깐 들러도 될까요?

이거 뭐야?
갑자기???

근처에 들러도
되냐고???
지금?!!

다 같이 외쳐!
와도 돼~~~~!!!!

와도 돼!

와도 돼!

언제 온 거지?
8시 59분??

ㅕ드리려고 하는데
깐 들러도 될까요?   오후 8:59

지금
몇 시야?!

am 2:22
9월 20일 일요일

......

야!!!!! 네가 지금
무슨 짓을 한 줄 알아?!!!!

-자장자장 세포-

어떻게 책임질 거야?!!
시간 되돌려 놔!!

468

프라임 사랑 세포

순록이 안 잔다!

좋은 밤 되세...

•••

답장…
쓰고 있어!!

그것도 굉장히 길게!

이 정도면
100자도 넘겠다!

아, 빨리…

자! 하나 둘 셋 하면
"오예"를 외치며
터트리는 거다?

•••

-설레발 세포-

하나~ 두울~

얘들아, 큰일 났어!
순록이가 입력하던 걸
취소했어!!!

메시지 입력

그거 어디 갔어?!
뭉게 뭉게!

240

엥?

작가님도
좋은 밤 되세요

이러다 유미 작가
다시 잠들겠다.

네가 이거저거 다 빼서
그거 하나 남았어.

휙!

이것도 아니야!

내가 왜
우산을 돌려주겠다고
했지?

순록이는 저걸
무슨 생각으로 보냈지?

우산 돌려드리려고 하는데
근처에 잠깐 들러도 될까요?

문자 속에 숨겨둔
본심을 알아야겠다!
사랑의 엑스레이!!!

-프라임 사랑 세포-

우산 돌려드리려고 하는데
근처에 잠깐 들러도 될까요?

갑자기 보고 싶어요

아…

242

왜?

유미 작가가 왜 보고 싶은데?

찰칵!!!

순록아! 대체 무슨 생각인지 알려줘!!!

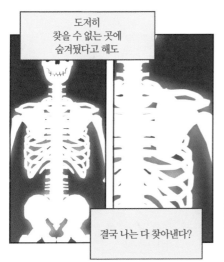

도저히 찾을 수 없는 곳에 숨겨뒀다고 해도

결국 나는 다 찾아낸다?

갈비뼈 사이에 숨겨뒀구나.

아주 작은 하트를…

궁금해 죽을 것 같아.

쿨럭!

쿨럭!

-호기심 세포-

신순록이가 뭐라고 썼다가 지운 걸까?

방금 뭐라고 입력하시다가 지우시던데 뭐라고 치셨냐고 물어봐주면 안 돼?

미쳤냐?! 그런 걸 어떻게 물어봐!!!

이 겁쟁이!!!

사랑 세포야!!! 순록이가 뭔가를 다시 입력하기 시작했어!

좋은

· · ·

?!!!!

그래, 순록아 뭐든 좋으니까 입력해 봐.

내가 왜 프라임 세포인지 보여줄 테니까!

-프라임 사랑 세포-

이따가 만나재…

이따가 순록이가 만나재.

유미 꾸안꾸 할까?

-패션 세포-

아니
꾸안꾸 하지 마.

이번엔
네가 할 수 있는 건 다 해!

-이성 세포-

469

하트 작동

세수 세포야,
이제 일어나!

…사랑해요,
엔도르핀.

엔도르핀 갔어.
아침이야.

빨리
유미 세수시켜.
미용실 간대.

근데 이거
무슨 소리야?

유미 쿵쾅대는 소리.

누가 유미 좀
진정시켜 봐.

참고로 순록이 소개팅했고
결과는 아직 모른다?

-자존심-

-심장-

우산 빨리
돌려주러 온 걸 수도 있다!
괜히 찝찝해서!

쿵쾅!!!
쿵쾅!!!
쿵쾅!!!

야!! 내 말
안 들려?!!

쿵쾅!!! 쿵쾅!!!

진정해!

쿵쾅!!!

쿵쾅!!! 쿵쾅!!!

쿵쾅!!!

쿵쾅!!!

재들 어차피
남의 말 안 들어.

심장 때릴 맛이
확 떨어지지?!

쿵쾅!!!
쿵쾅!!! 쿵쾅!!!

일요일에
외출하는 건

원칙에
어긋나는 짓이야.

닥쳐! 몸속에 지금
하트가 발견됐는데
원칙 따질 때냐?

업무 관계인과
연애하는 것도
원칙에 어긋나.

저 하트가 날씨나 기분 때문에 잠깐 생긴 가짜가 아니라 진짜로 확인되면

그때부터는 원칙이고 뭐고 다 무시해도 된다.

유미 작가 만나면 난 뭘 하면 돼?

여기 적어둔 질문들을 하나씩 하면 돼.

그럼 난 뭐 해?

얘가 사고 치는 거 같으면 재빨리 웃어.

만나면
우산 잘 썼다고
말하고…

오늘 시간
괜찮으시냐고
물어보고…

저 도착했어요 작가님

삐릭!

지금 내려갈게요

커피 한잔
하자고 하면 되겠지?

?!

그런데 계획이라는 건
아무리 짜봐도 의미가 없다.

나온다!

앞으로 일어날 일은
아무도 예상하지
못하기 때문에…

어…

…오셨어요?

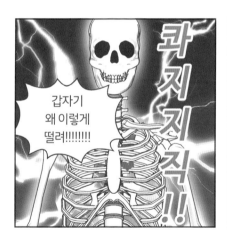

딱 보니까 어디 나가는 길인 것 같은데?!

콰지지직!!!

신 대리님? 우산…

됐어 됐어. 그냥 우산 주고 돌아가자!!!

쟤는 그냥 버리자

아 네. 여기요.

오늘 약속 있으신가 봐요?

아… 오전에 잠깐 어딜 나갔다 오느라고.

어디 나가는 길 아니래!!! 다시 힘내서 임무를 완료하자!!!

와아!!!!

470

데이트 1

정말 이렇게
나가도 돼??

일요일 오전에
겨우 우산 받으려고
이렇게 꾸미고 있는 건 너무
이상하잖아!!

-사랑 세포-

-이성 세포-

ooo그룽가

직장인이 일요일 오전부터
우산 돌려주러 오는 건
안 이상하냐?!

으앙!

비켜!!!

빠앙!

다른 사람의 생각은 읽을 수 없어.

하지만 눈으로 볼 수는 있잖아.

보이지? 네가 온다고 해서
이렇게 꾸미고 나왔어.

아 맞다. 유미 작가님 저한테
커피 사셔야죠.

그럼요.

사야죠, 제가.

야호!
파란불이다!

잠깐만!!!

멈춰! 아직
빨간불이야!!!

어제 순록이 소개팅했잖아.
아직 결과도 모른다고.

-예의세포-

소개팅녀랑
연락 주고받고 있는
상태면 어쩌려고 이래?!

너무 신나서 밟긴 했는데
듣고 보니 맞는 말이다.

끄응...

소개팅 어떻게 된 건지
알아야만 한다!

낚시 세포야!
도와줘!

나만 믿기
유미야!

-낚시 세포-

순록이 소개팅
결과를 낚아오렴!

…주말에는
주로 뭘 하세요?

?!

음… 집에서
책도 읽고
집 정리도 하고

영화도 보고
뭐 그렇죠.

하지만 어제는
소개팅했잖아!
그 이야기를 해줘!!!

꿀꺽!

평소라면
그렇게
보냈는데

어제는 편집장님
소개로 소개팅했어요.

오오, 그래요?

그래서??
그다음을
말해야지!!!

…

어떻게
됐는데?!!!

입방정 세포!!
낚시 세포를 지원해 줘!

-입방정 세포-

그래서요?
어떻게 됐어요?
잘됐나요?

서로 성향이 너무 비슷해서
특별히 궁금한 게 없더라고요.

상대방도 살짝
그런 눈치였고…

우선 〈커피 한잔〉을
〈점심 식사〉로 교환한다!

함께 있을 시간을 늘리자!

식사를 하면 〈커피 한잔〉의
기회가 다시 발생한다!

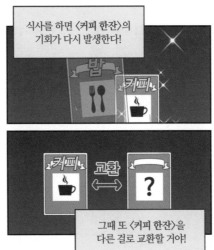

그때 또 〈커피 한잔〉을
다른 걸로 교환할 거야!

이럴 게 아니라…

커피 말고…

뭘 좀 먹을까요?

〈등가 교환의 법칙〉
같은 값어치를 가진 이벤트끼리는
교환이 가능하다!

…식사요?

순록이
망설이는데?

구물쭈물

아… 너무 앞서 나갔나?
11시 10분에 점심은 무리인가?

설마 그냥 먹고
나온 건 아니겠지?

출출아
너라면 이럴 때
어떻게 하겠냐?

음… 아무래도
일요일이니까

와작~

와작~

-출출세포-

면 요리
좋아하세요?

?!!!!

그럼요!
완전 좋아하죠.

됐다!!!
밟아!!!!!!

그럼
제가 안내할게요.
따라오세요.

471

데이트 2

어?! 저도 줄리대인데?
그럼 작가님이 학교
선배님이셨네요?

아… 그게
그렇게 되는군요.

헉… 나보다
세 살이나 어렸어???

끄응…

이 정도는 괜찮지 않나?
…나만 괜찮나?

갑자기 정신이 번쩍 들었다.

순록이는 나를
전혀 연애 상대로
안 보고 있을 수도
있겠는데??

-사랑 세포-

-자신감-

그냥…
누나 정도로만
생각하는 거라면?!

그렇게 이야기하니까
제가 굉장히 나이 많은 것 같이
느껴지네요.

세 살이면 저랑 별로
차이도 안 나는데요 뭘.

!!!

〈네 어깨에 스파이크 서브〉

헉! 죄송해요.

괜찮아요 누나.

…하지 마라.

다 먹었으면
이제 일어날래… 요?

네.

여기…

?

저희 가게에서 드리는
디저트 서비스입니다.

커피마셨신
샀어요

아… 사장님
안 됩니다!!

안 돼! 순록아
그 커피 먹으면
안 돼!!!!!

다음 코스는
카페란 말이야!!!!!!

맛있네요.

아아!!!! 이러면
<커피 한잔>을 쓸 수가
없잖아!!

-사랑 세포-

맷돌 앞으로 집합해!!!
카페를 대신할 이벤트를
빨리 찾아내자!!!

영차!

덩차!

어딜 가느냐는 중요치 않아!
순록이도 더 있고 싶은지가
중요해!

더 있고 싶다면
같이 고민하면 돼!

정말 이상한 일이야.

에너지가 전혀
줄지 않았어.

집에 있는 것보다
더 좋나 보네?

아니면 유미 누나
혹시 그거 아니야?

포즈 마스터?!

〈Pause Master〉
함께 있으면 시간을
정지시키는 능력을 가진 사람.

그래서 유미 누나랑 있으면
시간이 멈춘 기분인가?

472

데이트 3

집에 가서 빨래할 거예요.

작가님은요?

저는… 자주 가는 중고 책방이 있는데

나온 김에 좀 들르려고요.

하지만 넌 세탁기 돌리러 가겠다고?

껄껄껄 빨래는 그렇게 하는 게 아니라네 젊은이

-집안일 세포-

옷은 세탁하면 할수록
헌 옷이 되어가지만

철썩!
철썩!

야, 이 정신 나간 놈아!!!
일요일에 빨래 돌리러
집에 가는 게 제정신이냐?!!

쟤는 남이 집안일
하는 꼴도 못 보나 봐.

헌책은 집어 드는
순간부터 다시 새 책이 된다.

차라리 유미를
따라 책방에 가렴

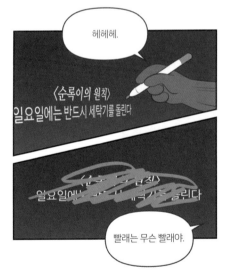

헤헤헤.

〈순록이의 원칙〉
일요일에는 반드시 세탁기를 돌린다

일요일에는 반드시 세탁기를 돌린다

빨래는 무슨 빨래야.

세탁기는…
나중에 돌리면 안 돼요?

281

계단 조심하세요.

와… 굉장히 오래된 서점인가 봐요.

잠깐만요, 작가님. 제가 먼저 올라갈게요.

?

가파른 계단이라 앞서 간 사람의 엉덩이가 뒷사람의 시선에 일치하니

-매너 세포-

유미 누나가 먼저 올라가면 민망할 테니까.

이런 곳은
언제 아셨어요?

…학교 다닐 때 책 사러
자주 왔던 곳이예요.

어때요?

잘 찾으면
귀한 절판 도서들도
구할 수 있어요.

!!

책 냄새 나죠?
저 이 냄새 좋아요.

근데 그 선배가…
편집장님

풉!!!!

?!!

왜요?

『마의 산』저자는?

틀리면
딱밤 한 대.

3…2…

토마스 만.
설마 내가 모를까 봐?

그럼
『카라마조프가의
형제들』저자는?

알죠 그 정도는!
도스…ㅌ

도스…토…끼

3…2…

끼잉ooo

끼잉ooo

대세요, 작가님.

으아ooo

스—윽

헌
책
방
2F

따 악!!!

혹시 무빙건 작가
『집에 보내줘』는 없나요?

너무 오래전에 절판된 건
저희도 구하기 어려워요.

그거 나 있는데?

정말요? 어떻게?

출판사 직원이잖아요.

아 뭐야. 좋겠다.
나는 구경도 못 해본 책인데.

데이트 4

계단 너무 위험하다!
유미야, 조심조심
내려가자!

-불안 세포-

내려갈 때
조심.

네.

위험하니까
벽 짚어요.

-오지랖 세포-

네.

삐끗!

어???

중심 잡아!!

가흥!

가흥!

가흥!

그게…
마음대로
안 돼!!!!

으아아아!!!
유미 넘어진다!!!!

빨리 사이렌을!!!!

꾹!

〈사이렌〉
주변에 사고 위험을
전파하는 외침.

엄마야!!!!!

다다다다다ー

?!!!!

위…

허엄…

해…

!!!!!

오랜만에 인사드리네요.

저희 소식 궁금하셨죠?

저희는 여전히 잘 지내고 있답니다.

옆구리 ↑
55ym

천년만년 살아보세~

-지방-

거…긴…

안…

턱!

돼…

꽈당!!!!!

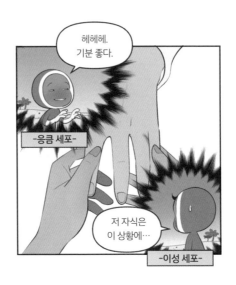

헤헤헤.
기분 좋다.

-응큼 세포-

저 자식은
이 상황에…

-이성 세포-

밴드를 좀
붙여둘게요.

다 됐다!

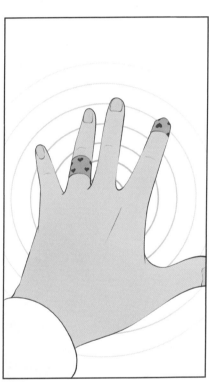

도저히 상상이 안 된다

오늘 하루
같이 있으면서
느낀 건데

순록이도 유미가
싫은 눈치는 아닌 듯~
히힛!!

-사랑 세포-

느낌 좋아

둘이 결혼할 듯

-설레발 세포-

그 대사를
네가 하니까
왜 이렇게 불안하지?

만약에 유미가
순록이한테 좋아한다고
말하면

!!

-상상 세포-

순록이는
뭐라고 반응할지
상상해 줘.

ㅇㅋ

슥

슥

대리님 빨래도 해야 하고
내일 출근 준비도 해야 하니까

오늘은
이만 들어갈게요.

(화들짝 놀라며)
더 있다가 가요!
책도 빌려 가셔야죠!

-상상 세포-

그래요. 저는
여기서 걸어가면
될 거 같아요.

안 돼요!

......

저는
요 앞에서
택시 탈게요.

그럼 타는 거
보고 갈게요.

301

시간이 어떻게
가는 줄도 모르게
너무 즐거웠어요, 작가님.

헤헤. 저도
덕분에 재밌었어요.

(아쉬운 표정으로)
그럼 다음 주 주말에
또 보면 어때요?

조심히
들어가세요.

네. 대리님도
조심히 들어가세요.

다른 건 다
상상이 가능하지만

순록이랑
잘될 것 같은 상상은
도저히 안 된다.

아니!!! 상상인데
뭐 어때?!!! 좀 해줘!!!

응큼이가 부탁하는 건
다 그려주면서!!!

얘들아!! 싸우지 마!
순록이한테 문자 왔어.

오예!
조심히 들어갔다고
문자 보냈나 봐!

어…??

이거 뭐야?
상상이야?

아니. 상상 아니야.
나는 생각하지도 못한 거야.

-상상 세포-

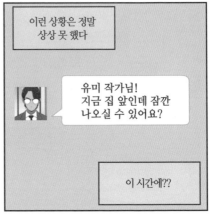

이런 상황은 정말
상상 못 했다

유미 작가님!
지금 집 앞인데 잠깐
나오실 수 있어요?

이 시간에??

집 앞에??
왜???

<순록이의 원칙>
남의 일에는 관여하지 않는다

아까 국숫집에
두고 가셨어요.

헉… 고마워요.

그리고 이거…

읽고 싶어 하시던 책.

고… 고마워요.

근데 이거 때문에
이 시간에
오신 거예요?

<순록이의 원칙>
일하는 곳에서는 연애하지 않는다

저… 누나 좋아요.

하트 피버 타임

바보같이
시간만 재다가

기회만 엿보다가
결국 이렇게 돼버렸다.

신 대리님?

?!

유미… 작가님?

와! 이런 데서
보네요?

잘… 지내셨어요?
연락드릴까 말까
몇 번이나 고민했었는데!

정말요?
연락하시지!

유미야!
책 찾았어.

응, 갈게.

남자친구랑 같이 와서…
나중에 출판사 한번
들를게요!

…네.

그때 말할걸.

좋아한다고

에잇!!!!

훌라차차!!!!

그날 너무나
설렜었다고.

그 후로 1년이나 지났지만

나는 여전히
그 일요일 오후에 머물러 있었다.

〈하트 피버 타임〉
일시적으로 사랑의 감정이
폭발하는 상태. 이 상태에 돌입하면
못 하는 게 없다.

정신을 차려보니
나는 어느새 자전거를 타고
유미 작가님 집으로 향하고 있었다.

?!!!

내가 지금
무슨 짓을??

하트 피버 타임

이 시간에 찾아가면
미쳤다고 하지 않을까?

…좀 실례
아닌가?

하트 피버 타임

그래. 이건 아니야.

연락도 없이
불쑥 찾아오는 걸
누가 좋아하겠어.

하트 피버 타임

하마터면
큰 실수할 뻔했다.

그렇게 돌아섰던
1년 전의 그날이
지금도 떠오른다.

그리고 이거
읽고 싶어 하시던 책.

하트 피버 타임

고마워요.

근데
이거 때문에 이 시간에
오신 거예요??

아뇨.
이거 때문만은
아니에요.

하트 피버 타임

아깐 말할 수
있을 것 같았는데…

하트 피버 타임

말
못 하겠다!!!!

Welcome To My Home

저… 누나 좋아요.

…라고 순록이가 말한 순간

유미는

마음의 문을 활짝 열었다.

들어와. 괜찮아.

마을 안쪽의
특이한 집?

마음속
깊은 곳

여기가
사랑 세포네
집이야?

마음속
깊은 곳

아니 여긴
본심이네 집이야.

사랑 세포
찾아왔어?

마음속
깊은 곳
-본심 세포-

널쩍!

깜짝!!!!

그럼 내가
재밌는 이야기
해줄게.

예전에 순록이 너
처음 보는 순간부터 어디서
본 것 같은 느낌을 받았었다?

아… 정말요?

321

여기야.

아 네…

?!!

응. 마을 안쪽으로 더
들어가면 돼.

근데 너
왜 이렇게 얼어 있어??

다녀왔습니다!

?!!!!!

유미 누나!!!
가족분들과

같이 사시는
거였어요?!!!

장난이야. 하하하.
나 혼자 살아. 들어와.

…

야야
정신 차려!!

-낚시 세포-

네가 너무
긴장해서
장난한 거야!

볼 건 없지만
잠깐 구경하고 있어.

네.

……

NAVER

#집에서 간단한 요리

타닥!

타닥!

ㅈㄷㄱㅅㅆㅠㅐㅔ

ㅁㄴㅇㄹㅎㅗㅏㅓ

아니. 난 저 책들의 주인이야.

-감성 세포-

!!

책 정말 많네요.

예전에 보던 것들. 요즘엔 이북이 편하더라고.

아~ 그쵸?

사랑 세포는 여기 살아. 걔네 집이야.

심-쿵지!?

응

야 사랑 세포! 누가 널 찾아왔어.

쾅쾅쾅

어때?
싱겁지는 않아?

아뇨!
너무 맛있어요!

급하게 했는데…
다행이다 야.

순록아

네?

477

이자벨 작가

비밀 연애에서
가장 주의할 점은 바로 호칭.

나도 모르게 대화 중에
신 대리를 순록이라고 부르지 않도록
신경 쓰고 있어야 한다.

근데 언니 책은
도대체 언제 나와?

신 대리님이 다음 주에 최종 교정본
나온다고 했으니까
이달에는 출간되지 않을까?

…아니 순록이
이 새X는 일 좀
빨리빨리 할 것이지.

언니가
순록이한테 좀
뭐라고 해.

담당자란 놈이
빠져가지고 소개팅에
정신 팔려서…

야!

나 그럼
책 골라 올게.

〈야〉
상대방의 대사를 강제 스킵시키고
다음 대사로 넘기는 기술.

?!!!

이달의 주목할
신간…

괜찮으면 이거 좀
한번 봐줘.

우리 출판사
하반기 기대작이야.

못 들어본
이름인데?

나에게 보내는 시그널
(4차 수정)
김유미 작가

데뷔한 지 얼마
안 됐는데 글이
꽤 재밌어.

-작가 세포-

335

난 네가 딱이야

로망

촤악!!!

〈넥타이 풀어헤치기〉
섹시함 ★★★★

〈나를 쳐다보며 안경 벗기〉
섹시함 ★★★★★

스윽

후두두둑!!

〈와일드 셔츠 오픈〉
섹시함 ★★★★★★★★

…회식했냐?

…넹

쿵!

섹시하기만 할 뿐

궁합

청소기 돌리는 걸
좋아한다고?

네. 기분 전환
되잖아요.

그럼 설거지는?

성취감이 있어서
좋아해요.

혹시
빨래 개는 것도?

각 맞추는 거라
좋아해요.

그럼 너 나랑
은근 잘 맞겠다.

시켜먹을 생각에 벌써부터 두근

유미의 세포들 12

초판 1쇄 발행 2021년 5월 24일 **초판 6쇄 발행** 2023년 10월 31일

지은이 이동건
펴낸이 이승현

출판1 본부장 한수미
라이프 팀
디자인 함지현

펴낸곳 ㈜위즈덤하우스 **출판등록** 2000년 5월 23일 제13-1071호
주소 서울특별시 마포구 양화로 19 합정오피스빌딩 17층
전화 02) 2179-5600 **홈페이지** www.wisdomhouse.co.kr

ⓒ 이동건, 2021

ISBN 979-11-91583-50-2 04810
　　　 979-11-91583-55-7 04810(세트)